ÉPITRE

A

S. M. L'EMPEREUR

NAPOLÉON III

PAR

C. BURGUIÈRE.

BAYONNE,

IMPRIMERIE DE VEUVE LAMAIGNÈRE, RUE CHEGARAY, N° 39.

—

1864.

ÉPITRE

A

S. M. L'EMPEREUR

NAPOLÉON III

PAR

C. BURGUIÈRE.

—◦◦—

BAYONNE,

IMPRIMERIE DE VEUVE LAMAIGNÈRE, RUE CHEGARAY, N° 39.

—

1864.

ÉPITRE

A

S. M. L'EMPEREUR

NAPOLÉON III.

Il est un Dieu puissant, ennemi des humains
Qui servent de jouet à ses cruelles mains ;
Ses vrais adorateurs, frappés de sa colère,
Aussi bien que les faux périssent de misère.
Il les remplit soudain de son souffle vengeur,
De terribles accès, d'un délire rongeur :
Avec plus de pitié déchirent leur victime
Les trois sœurs des enfers, vengeresses du crime.
Malheur ! malheur à moi ! car ce Dieu redouté
Me lançant les éclairs de son œil irrité :

« A l'œuvre, me dit-il, c'est trop de défiance ;
On chante toujours bien, quand on chante la France ;
Et qui loue un héros tel que Napoléon,
Illustre au moins ses vers de l'éclat de son nom.
Quoi ! tu veux résister, ou ta faible mémoire
Faillirait pour rimer une page d'histoire ?
Ne sais-tu pas qu'un jour, reine des nations,
La France eut à braver la mer des passions ;
Qu'elle allait se briser contre ces blocs de pierre
Où se trouvent Danton, Marat et Robespierre,
Quand parut un sauveur, un Dieu dont le bras fort
Prenant le gouvernail la conduisit au port,
Et qu'après ce danger qui devait la détruire,
Elle lui donna tout : ses destins et l'Empire ?
Ses destins ! Qu'ils sont beaux, qu'ils sont nobles et grands
Les destins que poursuit la nation des Francs !
Contre l'enfer garder, divine sentinelle,
L'oint du Christ, le vieillard de la ville éternelle ;
D'un superbe tyran humilier l'orgueil ;
Sauver un peuple ami des horreurs du cercueil ;
Toujours dans le progrès avançant la première,
Inonder l'univers des flots de sa lumière.
Tel est l'œuvre commis à sa prudente ardeur,
Que d'exploits à chanter, pauvre peuple rimeur !

Le monstre que l'enfer a vomi sur la terre,
La révolution, pousse son cri de guerre :
Guerre à Dieu, guerre aux rois, à la propriété,
« Guerre à tout ce qui fut des mortels respecté ;

« A Rome est l'ennemi, c'est là qu'il faut se battre,
« Pour triompher des rois, c'est Dieu qu'il faut abattre. »
Elle dit : A sa voix les suppôts de Satan
Dans Rome déchaînés prévalent un instant ;
Trop faible pour guérir les maux de leur colère,
Le Pontife s'enfuit sur la terre étrangère ;
Mais la France était là, la France de Clovis,
La France de Martel, la France de Louis.
Napoléon s'émeut : « A Dieu donc les prémices
« De mes hauts faits, dit-il, partez sous mes auspices,
« Menez vos légions contre un chef insolent,
« Vous qu'aime la victoire, Oudinot et Vaillant. »
L'enfer ne peut lutter contre la Providence,
Le vieillard est dans Rome entouré de la France.
L'amour de ses sujets couronna le sauveur,
Plus puissants sont les coups que porte l'Empereur.

Un colosse a paru ; sa tête menaçante
Fait tressaillir d'effroi l'Europe pâlissante ;
Sous son pied dédaigneux fièrement appuyé,
Le continent nouveau se prosterne effrayé ;
L'Asie est sous ses flancs, et son bras despotique
Pour l'étreindre à son tour s'allonge vers l'Afrique.
S'il assouvit la faim de son ambition ,
L'ogre sans hésiter mange une nation ;
Il n'a pas digéré la Pologne indigeste
Que de l'empire Turc il convoite le reste.
Déjà pour l'engloutir il agite ses flancs;
Tout frémit à l'aspect de ses horribles dents.

La victime est saisie, elle meurt, quand la France
Entend les cris d'effroi de la faible Byzance.
Le héros veut troubler l'avide Nicolas,
Pour frapper les tyrans son bras n'est jamais las.
Il commande, et soudain deux flottes, deux armées,
S'élancent au secours des villes alarmées.
Illustre général Baraguey-d'Hilliers
Dirige vers le Nord d'intrépides guerriers.
Marcher à l'ennemi, c'est pour eux une fête ;
Ils bravent les frimas, ils bravent la tempête ;
A peine ont-ils passé le redoutable Sund,
Que leurs puissants efforts font crouler Bomarsund ;
Et Bomarsund n'est plus, Bomarsund l'imprenable,
L'orgueil des orgueilleux, le rempart formidable !
Le colosse est trop fort pour si tôt succomber,
Il faut des coups plus grands pour le faire tomber.

Cent vingt mille guerriers volent à la défense
Du peuple qu'il dévore, enivrés de vengeance.
Ils écoutent la voix du brave Saint-Arnaud
Que la cruelle mort leur ravira si tôt.
Autour du chef rangés, d'illustres capitaines
Secondant son ardeur se comptent par centaines.
Fier de son noble sang, le vaillant Mac-Mahon
Veut rehausser encor l'éclat de ce beau nom.
Le sage Canrobert, sur la rive étrangère,
Sera des légions le sauveur et le père.
Mais plus heureux que tous, le bouillant Pélissier,
Doit broyer l'ennemi dans ses muscles d'acier.

Par sa crainte du czar, la jalouse Angleterre
S'unit à leurs efforts et sur mer et sur terre.
Dans un plus noble but, ce peuple moins puissant
Qui jettera bientôt un joug avilissant,
Le Piémont à la France avec ardeur s'allie
Et lui donne les preux de toute l'Italie.
Le moment est venu, le signal est donné,
Les foudres vont tomber sur l'Euxin indigné ;
Odessa dans ses murs les voit bientôt paraître,
Elle expie en brûlant les délires du maître.
A l'aspect des guerriers écrasés à l'Alma,
Le colosse surpris lui-même s'alarma ;
Mentchikoff n'ose plus affronter les batailles
Et court se protéger de l'appui des murailles.

Sur un sol de granit et dans ses fiers remparts,
Sébastopol assise, a tout l'orgueil des czars.
Jamais pour l'abaisser la fortune inconstante
N'a pu sur son bonheur poser sa main puissante ;
Elle n'a point de crainte et vit dans le repos,
La mer lui prête encor le courroux de ses flots.
Pour mieux la rassurer, citadelle effroyable
Que la nature et l'art ont rendue imprenable,
Sur des rochers affreux se dresse Malakoff ;
C'est l'abri que choisit le prudent Mentchikoff.
Il garde Todleben, Todleben, ce génie,
Qui retarda longtemps l'heure de l'agonie.
Les bataillons des Francs, par leurs chefs amenés,
Devant cette grandeur s'arrêtent étonnés.

Terrible est le danger que leur regard mesure,
Mais contre tout effroi leur zèle les rassure.
Que sont les champions ? La Russie, un géant;
La France, un bras du Dieu qui réduit au néant.
Ils l'entourent alors de leur puissante étreinte,
Enlacent ces rochers qui s'agitent de crainte ;
Les gueules des canons s'ouvrant avec effort ,
Vomissent jour et nuit l'incendie et la mort.
Vainement la Russie, avant que de le rendre ,
Veut disputer au sort ce que le sort veut prendre ;
Elle tente Inkermann, elle ose Tchernaïa ,
Elle refait partout les ruines d'Alma.
C'est peu pour son salut que l'humaine puissance,
L'enfer et ses fureurs lui prêtent assistance.
Contre les éléments sur eux précipités,
Canrobert sait sauver les soldats irrités ;
Plus a duré l'affront , plus leur courroux s'enflamme
De ces feux violents qui dévorent leur âme.
Ils se sont regardés, et Malakoff est pris ;
Mac-Mahon est debout sur ses fumants débris,
Et sur Sébastopol , implorant sa clémence ,
Pélissier fait flotter le drapeau de la France.

Le colosse a vécu ; ses membres détachés
Par la grandeur du choc, s'agitent dispersés.
Des trois peuples unis les forces combinées,
Lui firent dans leur cours changer ses destinées.

Longtemps dans la patrie, au milieu des amis,

Sur un lit de lauriers les vainqueurs endormis,
Bercés avec amour dans les bras de la gloire
Tressaillant aux baisers que donne la victoire,
Sous les ailes de l'aigle, à l'ombre des drapeaux,
Rêvèrent sans péril les rêves des héros.

Et tu l'interrompras le sommeil de ces braves,
O guerre ! Après le Russe, Autrichien tu les braves ?
Les guerriers sont debout, brûlant de terrasser
Le superbe ennemi qui vient de menacer.

Des hommes généreux, nation condamnée
Qui toujours en travail n'est pas encore née,
Voulant briser les fers font un suprême effort ;
Vain espoir, le tyran se trouve le plus fort.
Ils cherchent un vengeur, l'Europe les renie ;
Mais la France a reçu leur regard d'agonie.
Si de l'oppression elle les veut tirer,
Pour son honneur encor il faut se mesurer.
Napoléon lui-même à la lutte s'apprête,
Son bras doit accomplir les pensers de sa tête.
(Mais toi que je condamne à rimer ses exploits,
Dans ce nouveau danger obéis à ma voix.
Quel que soit ton tourment, quel que soit mon empire,
Si ce n'est vérité, garde-toi de rien dire :
Seuls les faits des héros les peuvent célébrer ;
La fable est une mer où tu devrais sombrer.)

Avant que de partir il faut un sacrifice,
Ainsi le veut du sort l'implacable caprice.
Son peuple bien-aimé le pressant de ses vœux,
Des augustes époux le ciel bénit les feux ;
Il est un doux lien d'un pieux hyménée,
Espérance tardive à la France donnée,
A ces hommes ardents qui n'aiment le repos
S'ils ne sont endormis dans les bras des héros.
Il faut quitter ce fils, ce fils, absence amère !
Suspendu, bel enfant, aux baisers de sa mère,
Qu'il reconnaît déjà de son rire joyeux ;
Et si jeune il commence à faire des heureux !
Le héros attendri ne retient plus ses larmes ;
Mais sans s'abandonner à de vaines alarmes :
« Toi, dit-il, dont le ciel m'a fait le doux soutien,
« Mon cœur pour s'éloigner ne quitte point le tien ;
« Ne crains pas l'avenir, ma fidèle Eugénie,
« Je reviendrai vainqueur, crois-en à mon génie.
« Toi, fruit de notre amour, précieux rejeton,
« Espoir de ce pays passionné de ton nom,
« Montre-lui ta valeur par ta reconnaissance,
« Soulage les tourments que souffrira la France,
« Aux plus nobles instincts ouvre ton jeune cœur,
« Car un jour, cher enfant, tu seras Empereur. »
Il dit : et, s'arrachant à l'épouse attendrie,
Aux caresses du fils, au sol de la patrie,
Court braver l'ennemi, les dangers et la mort.
Gênes dans ses remparts l'accueille avec transport,
L'armée en le voyant devient folle d'ivresse,
L'élite des héros autour de lui se presse :
C'est encor Mac-Mahon qui touchera le ciel,

Baraguey-d'Hilliers, Canrobert et Niel ;
Niel déjà fameux, les délices du maître,
Mais qui plus près encor est jaloux de se mettre ;
Forey qui va bientôt dans des pays lointains
D'un peuple périssant relever les destins ;
Par leur sang généreux Beuret, Cler, Espinasse,
Grandiront la patrie et l'orgueil de leur race ;
Regnault, en combattant sous les yeux du héros,
Joint un plus beau laurier à ses lauriers si beaux.
La même ambition, le même espoir entraîne
Rochefort et Picard, Mellinet et Bazaine,
La Motterouge, Auger, Vinoy, Camou, Renault,
Luzi, Douay, Dieu, Négrier, Ladmirault ;
Tous veulent par leur faits redoubler son estime,
Chacun remplit les siens de l'ardeur qui l'anime.
Au moment du combat, lui-même, le héros,
Exalte son armée en lui disant ces mots :
« Soldats ! vous connaissez la cause de la guerre ;
« Qui veut être oppresseur doit opprimer sa terre.
« Dans vos bras vous portez la belle liberté,
« Que vos efforts soient grands de toute sa beauté ;
« Mettez-la fièrement dans ceux de la victoire.
« L'air que vous respirez est enivrant de gloire,
« Lodi, Castiglione, Arcole, Rivoli,
« Vont abaisser sur vous leur regard ennobli ;
« De leurs vieux ennemis en brisant les colères
« Enfants ! réjouissez la tombe de vos pères. »
Vingt jours sont écoulés, les tigres furieux
Abandonnent leur proie et chassés en tous lieux,
Se voyant poursuivis jusques dans leur repaire,
S'apprêtent à lutter une lutte dernière.

Les âmes des guerriers tombés à Marengo,
Ont vu Montebello, Palestro, Turbigo,
Magenta, Marignan. Beuret, Cler, Espinasse,
Dans leur cercle élargi se trouvent à leur place,
Et contemplent ce trône où le fier Mac-Mahon
Viendra siéger un jour près de Napoléon.
Milan, le plus beau fruit de toutes les conquêtes,
Tient les vainqueurs plongés dans l'ivresse des fêtes.
Les peuples sont remplis d'une fiévreuse ardeur,
Que par ces mots fameux redouble l'Empereur :
« Sachez tous en ce jour, ô peuples d'Italie,
« Que l'honneur seulement à votre sort me lie,
« Et ne suis point venu, selon vos ennemis,
« Pour mieux vous asservir, vous traiter en amis.
« Pour recueillir son sang, la France veut la gloire
« Et non quelques lambeaux de votre territoire.
« A qui connaît les cœurs, les peuples, leurs élans,
« Notre siècle a sonné le trépas des tyrans ;
« La race de l'Idée est seule légitime,
« L'Empire est au mortel que son amour anime.
« Ma brillante couronne et toute ma grandeur
« Me vient de cette reine éprise de mon cœur,
« Et si dans vos cités je reçois tant d'hommages,
« C'est qu'avec vous je dois la venger des outrages ;
« Soyez donc rassurés, peuples Italiens,
« Mon armée a des cœurs et non pas des liens.
« Secouez vos tombeaux, c'est le moment de naître,
« Que ce nouvel effort soit votre coup de maître.
« Un Dieu réveille à temps les sages nations,
« Mais sa voix est d'un jour ; si ses vibrations
« Retentissent en vain, malheur aux endormies !

« Joignez vos légions aux légions amies
« Et que de défenseurs un flot continuel,
« Poussant sur l'ennemi Victor-Emmanuel,
« Entraîne dans son cours l'oppresseur et ses crimes,
« Et lave les affronts et le sang des victimes ;
« Peuples ! vous deviendrez par ces nobles moyens :
« Aujourd'hui des soldats, demain des citoyens. »

Vers les lieux que le jour à son lever regarde,
Au Nord de l'Eridan, au Sud du lac de Garde,
A l'Ouest de l'Adige, à l'Est du Mincio,
Qui trouvent l'Eridan grossi de l'Oglio,
D'un immense pays, le bel art militaire
A fait un fort fameux nommé quadrilatère.
César, Napoléon et tous les conquérants
Y virent un sauveur ou l'appui des tyrans.
Mantoue et Legnano, Peschiera, Vérone,
Que ces fleuves amis où le lac environne,
Tranquilles aux sommets de ces géants remparts
Sur le point menacé tombent de toutes parts ;
Et, comme si l'enceinte était encor étroite,
Le long du Mincio, mais sur sa rive droite,
Du lac à l'Eridan, couronnant des hauteurs,
Mille forts avancés se dressent protecteurs.
Dans la direction de l'équateur au pôle
C'est : Castel-Goffredo, Guidizzolo, Médole ;
Plus loin Cavriana, plus loin Solférino,
Enfin Pozzolengo que suit San-Martino.
Trois cent mille Autrichiens tout frémissants de rage

Sont là pour arrêter le torrent de l'outrage,
Prenant leur Empereur et ces lieux à témoin
Que si le Franc arrive il n'ira pas plus loin.
Deux mers montent alors, et contre cette digue
Qui veut braver les coups, leur colère se ligue.
Sur un roc agité, pour commander aux flots,
Engloutir les tyrans et noyer leurs complots,
Sous les monts écumants que son regard soulève,
Le Dieu de ces deux mers, Napoléon s'élève.
A sa voix Mac-Mahon, Canrobert et Niel,
Baraguey-d'Hilliers, Victor-Emmanuel,
De leurs bras vigoureux, sur ces digues puissantes,
Lancèrent tout un jour les vagues mugissantes.....
L'Océan poursuivit son cours envahisseur
Et devant son courroux vit tomber l'oppresseur.
Villafranca rompit les dernières entraves ;
L'Eridan de ses eaux n'abreuva plus d'esclaves.

Pourquoi donc, ô Paris ! pourquoi dans tes remparts
Les Francs se pressent-ils, venus de toutes parts ;
Pourquoi ce bruit joyeux et pour qui cette fête,
Tes palais pavoisés et ces tours dont le faîte
Se dressant, élancé, dans la hauteur des cieux,
Disparaît sous les flots d'un peuple curieux.
A qui tous ces lauriers, ces fleurs et ces couronnes,
Ces guirlandes parant tes murs et tes colonnes,
Et ces bras agités, ces élans, ces transports,
Et la voix du canon qui réjouit tes forts,
Ces rires gracieux et ces chants de victoire ;

Quel mortel triomphant promène cette gloire ?
O Paris !... Non, jamais la Rome des Césars
Ne vit tant de splendeurs environner ses chars.

Honneur ! Honneur à toi, victorieuse armée,
De la France féconde, ô fille bien-aimée,
Qui laves ses affronts dans les flots de ton sang,
Et sur tes beaux débris la maintiens à son rang.

Par delà l'Océan et dans un nouveau monde,
Sous les feux du soleil où son espoir se fonde,
Peuple qui s'est perdu, trop jeune émancipé,
Et doit tous ses malheurs à ceux qui l'ont trompé,
Le Mexique imprudent, de sa bouche parjure,
Ose jeter aux Francs le mépris et l'injure.
Le fort n'écrase point un trop faible ennemi,
Il modère ses coups et s'en fait un ami
Si d'instincts généreux son rival est capable ;
Le héros en frappant sauvera le coupable.
Par ses ordres Forey, Bazaine et les guerriers
Vont prendre la victoire et de nouveaux lauriers ;
Juarez, Ortega, Comonfort sont en fuite,
Leur armée enchaînée et Puebla détruite ;
Mexico, maudissant le joug de l'oppresseur,
Bénit Napoléon, son noble défenseur.

A toi donc de rimer ces exploits que la France,
Sous les yeux du héros fait pour la délivrance
Des peuples opprimés ; bientôt tu connaîtras
Tout ce qu'à la Pologne aura valu son bras ;
S'il faut que dans les fers de rechef elle tombe
Et baise cette main qui lui creuse la tombe ;
Mais lorsque fatigué de suivre dans les cieux
Ces aigles promenant leur essor glorieux
Et sur Sébastopol et sur le Capitole,
Sous l'Equateur en feu, vers les glaces du Pôle ;
Alors que tu croiras le sujet épuisé,
Tes beaux jours revenus, mon courroux apaisé,
Malheureux ! c'est alors que le tourment commence
Qu'il te faudra chanter le bonheur de la France ;
Peindre le laboureur, armé de l'aiguillon,
Traçant dans le repos son fertile sillon ;
Les merveilles des arts, les cités florissantes,
Le commerce voguant sur des flottes puissantes,
Et les fêtes des Francs, peuple enthousiasmé
De Napoléon III , le héros bien-aimé. »

Ainsi parla le Dieu ; vainement je résiste :
« Tu dois faire des vers, je le veux, je persiste,
Renonce pour toujours à l'espoir du bonheur
Je suis maître de toi, tu seras un rimeur.
Brave tous les dédains ; avec ou sans délire,
Redis à l'univers ce que je viens de dire.»

Bayonne, imprimerie de veuve Lamaignère.

www.ingramcontent.com/pod-product-compliance
Lightning Source LLC
Chambersburg PA
CBHW061440170626
46811CB00005B/2320